Ye

13659

A MON IMAGINATION,

ÉPITRE,

OU LA

JOUISSANCE IMAGINAIRE.

Si nos Écarts divers, mènent de chute en chute,
On peut faire une fois une heureuse Culbute.

A BIZANCE,

De l'Imprimerie D'Hally Pif-Pouf, dans
la troisieme Cour du Sérail, en entrant à
droite ,

A LA VOLUPTÉ.

AUX POETES

ENVOI.

*V*OUS qui du Centre de la Terre,
D'un vol rapide & prompt, planés au sein des Airs,
 Vous qui du Maître du Tonnerre
 Variés les tendres Concerts;
Je vous adresse ici les Écarts de ma Mûse,
C'est un Travail sans Art & fait sur un Gazon:
 Souvent trop de feu nous abuse;
Vous connaissez Messieurs, cette docte Leçon?..
 Mais cette faute a son excuse,
 Dans le Tribunal d'Apollon.

A MON IMAGINATION,

EPITRE.

MA Déité, ma petite Mignonne
Calmés vos sens, ou je vous abandonne,
En ne trottant qu'après la nouveauté,
Vous portez trouble à ma félicité.
Courir sans-cesse aux quatre coins du Monde,
Toujours errante & toujours vagabonde,
C'est, comme on dit, jeter sa Poudre au vent,
Qu'est-il d'égal, à votre emportement ?
Las, harassé, je succombe à la peine ;
Je vous le dis ?.. ma foi je perds haleine !
On n'y tient point ; est-il pareil destin ?
Tantôt à Rome & tantôt à Peckin,
Quittant ces Lieux je vole à Babilone,
Je tombe en Flandre, à Vénise, à Peronne,
Au même instant je gagne le Pérou ;
J'entre à Maroc, sans trop savoir par où ?

Encore un coup ?.. point tant de véhémence ;
Car on pourrait vous taxer d'inconftance ?
Mettez un frein à vos fréquens écards ,
Ou tous les deux nous courons grands hafards.
Ne donnons point prife au fot perfiflage ,
Il eft un terme où l'on doit être fage ;
Vous connaiffez les Zoïles du tems ?..
Défions-nous de ces fortes de Gens.

　　Mais la coureufe eft fourde à ma fuplique,
Elle m'emporte au-delà du Tropique ;
D'un même bon me jete à l'Opéra ,
Me huche après deffus le Mont Ecla. *
Ah, quel travers ! ah quelle extravagance !
Que dire enfin de cette inconféquence ?
Toujours aller , ne prendre aucun repos ,
C'eft fe creufer une fource de maux...
Oui , je m'y perds !.. j'en mourrai chofe fure ;
Quoi , fans délai fatiguer la Nature ?
Soir & matin fe perdre dans les Airs ?..
J'en ai ma foi la Cervelle à l'envers.

　　Ma Déité, lors qu'on vous intercéde ,
Adouciffez le tourment qui m'excéde ?

---

* Fameux Volcan dans l'Ile de Feréol , cette
Ile eft dépendante du Dannemarck.

L'ennui, ce Fils de l'uniformité,
N'ait quelque fois de la diverfité ?
Si chaque extrême annonce une imprudence,
Que dans vos mains réfide une Balance.
A tant courir on n'amaffe grands biens....

Ciel ! nous voilà chez les Ærïens
Pour retomber dans ces Plaines fertiles
Où l'on vit tant de fomptueufes Villes.
Je vois Damas !... Et là c'était Memphis
Dont les Tombeaux font encore fans Prix. *
D'un noble élans nous tombons vers Athênes ;
A cet afpeƈt je fupporte mes peines !

Digne Cité de tant d'Hommes favans,
A qui cent fois j'ai confacrés mes Chants ;
Quoi que l'Afile à l'Oifeau des Ténébres,
J'admire en pleurs tes Ruines célébres !
Sous cent Lambeaux de Chefs-d'œuvres épars
On reconnait cette Mere des Arts...
Belle Cité ! vrai Berceau des Prodiges !
Tous l'Univers refpeƈte tes Veftiges...
Mais tout fuccombe aux bouleverfemens,
Et tout prend fin fous les Aîles du Tems.

Encore ?... hélas ! on m'enléve de terre
Pour m'emporter au féjour du Tonnerre ;

---

* Les Pyramides d'Égypte.

Là-nous tombons fur les bords du Perfan
Et nous voilà , je crois dans Hifpahan ?
Que de Ragots ! ces Gens à Face blême
N'offrent à l'œil que mines à Carême ?
Un teint livide eft toute leur beauté ;
Mais le Perfan a fa civilité ;
Souvent à tord on juge par la mine ? . . .

Ah Ciel ! quel faut ? . . je fuis en Palestine,
Afile Saint de nos premiers Chrétiens !
Lieux habités par d'infignes Vauriens ;
Où l'on n'y voit, que Meurtres que Carnage ,
Que Gens enclins à l'affreux brigandage.
Quoi qu'effouflé volons un peu plus loin,
Il faut tout voir dans un cas de befoin ?

---

* *Capitale de la Perfe , on écrit Hifpaham.*

** *A la verité le Perfan n'eft pas beau , il eft de petite Stature, fort bazané, mais honnète, civil aux étrangers, ingénieux, fpirituel, aimant les Arts , les Sciences les protégeant; c'eft ce que n'offre point le Turc en aucune maniere : Qu'on l'arrache de fon Bercail & de fon Sorbet, il n'eft plus propre à rien.*

Une Mofquée à mes yeux fe préfente?
Là-Mahomet fous la Pierre d'Attente, *
De maints Bachas felon les Nobles *Us*,
Reçoit fans fin les Pieux Oremus,
Le Mufulman, penfe fe faire abfoudre
En invoquant ce fanatique en poudre. **
Tout Préjugé fut l'Enfant de l'erreur,
Voir le Soleil d'une fauffe couleur
C'eft fe placer au deffous de l'Atome ;
Que de mortels dégradent le nom d'homme ?

---

* *Une vieille Tradition a toujours dit que cet Impofteur était fufpendu dans fon Cercueil par le moyen d'une Pierre d'Aiman ; mais cela eft faux. Le Cercueil de Mahomet eft pofé fur quatre Collones de Jafpe, à Medine, où eft fa Mofquée, & Selon le dire des Orientaux, ce Grand Prophéte fait beaucoup de Miracles.*

** *Chaque Bacha eft indifpenfablement obligé de faire une fois en fa vie, le Pélérinage de la Mecque, pour aller faire une Offrande à cet Impofteur. La Neuvaine faite, on donne au Bacha très-réligieufement, un morceau de la Cymarre de ce Flambeau de l'Orient. Je fuis bien perfuadé que s'il était poffible de réunir tous les Fragmens qui ont été diftribués de cette Robe, il y en aurait de quoi couvrir pour le moins, toute la Turquie Européenne ; fi cela ne paffait.*

Mais,.. Mais ... la faim dans ma réfléxion,
Vient m'affaillir à triple carillon ;
Il faut au corps un peu de nourriture?..
    Encor ? encor patrouiller la Nature !..
Oh j'y fuccombe & mon épuifement
Abforbe en moi raifon & fentiment.
Finiras - tu vagabonde Donzelle ?
Pour cette fois mon Pégafe chancelle,
A voyager je renonce aujourd'hui ;
    Tous tes écarts me plongent dans l'ennui !
En un inftant j'arpente plus le Monde
Qu'un Robinfon, en dix ans fur fon Onde.
Je refte ici... je ne puis faire un pas,
Je fuis rendu ... j'expire d'embarras !..
    Oui, c'en eft fait, de ce Lieu je ne bouge....
Mais c'eft en vain !.. j'apperçois la Mer Rouge?

    Là Romanzow par fon mâle favoir
Plonge les Turcs dans le fombre Manoir.
On s'entrétue ; on s'égorge , on s'affomme
Quand Muftapha * fommeille d'un bon fomme.
On voit voler Cimeterre , Turban ,
Tête , Poignard , Brayette , Doliman ,
Le Ruffe Altier partout chante Victoire,
Et Mahomet grille en fa Chambre Noire

---

    * *Muftapha , Sultan régnant.*

Voyant tomber les Suppôts de fa Loi ,
Chez Belzébut, fans favoir pourquoi. *
Quittons un Lieu , trop fumant de Carnage ,
Un Champ d'horreur n'eft que l'effroi du Sage ;
Arrachons-nous de ce Séjour fanglant !...
   Que vois-je ?... ô Ciel ! le Palais du Croiffant !
A cet afpect , je prends un nouvel Être ,
Lieu fortuné que j'afpire à connaitre !
L'Homme en naiffant connait la Volupté ,
Tout flate ici ma curiofité ;
Dans cet Afile , entrons quoi qu'il en coutc ?
Si mille Clefs nous nous en ferment la Route ,
Forçons , perçons dans le fein du Sérail ;
De MUSTAPHA vifitons le Bercail. . . .

---

  * Il ferait difficile aux Ruffes comme aux Turcs,
de bien expliquer la véritable caufe de leurs débats
entréux. Ces deux grands Empires ont épuifé re-
ciproquement , tant en hommes qu'en Finances ,
ce qu'ils avaient de meilleur. Qu'eft-il donc arrivé,
après tant de Maffacres , une Paix ? Je doute
très-fort qu'elle foit auffi avantageufe aux Ruffes
qu'ils le prétendent , par la dépopulation que cette
Guerre a occafionné dans leur Empire ; ayant perdu
tout-autant de Soldats par la Pefte que , par
la fureur des Armes. Quand eft-ce donc que les
hommes déviendront raifonnables ?. . . ce fera quand
ils ne s'égorgeront plus par milliers.

Que de Beautés !... je doute fi je veille ?
Tous m'offre ici merveille fur merveille
Tous m'extafie en cet heureux fejour !...
Ah... je crois être au Temple de l'Amour !
De Cithérée , oui c'eft ici l'Empire !
Le cœur me bat !.. d'ouvient que je foupire ?
Dieux que d'attraits ! quels yeux ! quel teint
    de Lys !
De Mahomet voici le Paradis !..
A vos genoux Aftres de Circafie ,
Je vous confacre & ma gloire & ma vie....
Ciel quels fouris !... quelle taîle ! quel Port?..
O Volupté difpofe de mon fort !
A cent l'Auriers un Myrthe eft préferable ?
  Viens ma Fatime ! objet plus qu'adorable !
Que je contemple à mon gré tes appas...
C'eft exifter que mourir dans tes bras !
Ne craignons point ces mutilés Concierges ,
Monftres créés pour le malheur des Vierges ,
Je foule aux pieds , le Sultan , le Vifir :
Hate-toi donc de combler mon defir ?
Embraffons-nous du fein de la moleffe !
Je fus paitri des mains de la tendreffe...
Mes Dieux ! mon aftre ! ame de mon bonheur !
Soleil du monde !... Idole de mon cœur :

Ah quel Parfum de ta bouche s'exale !
Felicité qui n'eût jamais d'égale,
Belle Fatime ! un feul de tes attraits
Mettrait aux fers cent Monarques Français.
Mais je m'égare, & ma parole expire !..
Mourons, mourons dans le fein du délire.
La jouiffance, O Reine des beautés,
C'eft d'expirer au fein des voluptés.

Digne Flambeau de l'heureufe Georgie
D'un feul regard tu redonnes la vie ;
Tu donnes l'être à mon cœur ! à mes fens !..
Eft-il aux Cieux de charmes plus puiffans !..
Entre tes bras, mes délices, mon ame,
Reçois le Prix de ma brulante Flâme...
Ah quel moment ! O fortuné retour !
Je fuis heureux !.. j'aime !.. triomphe Amour.

O fes Defpote en ta rage infolente
Dans ton Sérail me ravir mon amante ?
Je fuis Français ; je fai brâver ton Pal,
Ton Cordon même, au Bacha fi fatal !
Je céderais tous les Trônes d'Afie
Pour un clin d'œil de ce flambeau de vie !
C'eft bien à toi cruel, d'apprécier,
Ce beau Phénix, qui vaut un monde entier.
De ma Fatime infulte à la préfence ?
Mamamouchi, que l'efclavage encenfe ;

Ton Alcoran , toi , tes laches Vifirs ,
Ne valent pas un feul de fes Soupirs ?
Ce fentiment , cette vive étincelle ;
Ce feu divin qu'on voit briller en elle ,
Fut-il connu d'un farouche Soudan ! . . .
Va-tout Defpote à le cœur d'un Tiran.
Dans ton Sérail je fixe mon Afile
Et je prétends y refpirer tranquile.
L'amant Français brave tous les revers ,
Pour deux beaux yeux il irait aux Enfers.

   Goutons en paix mon Amante chérie ,
De ce repos fi fatal à l'envie !
Ennivrons-nous dans les plaifirs des fens ,
Trouvons les Cieux dans nos embraffemens ;
Le vrai bonheur git dans la jouiffance ?
Que Muftapha redoute ta puiffance :
Ce cœur de Roc , cet effroi du Croiffant ,
Qui fait l'Amour en Tigre rugiffant ;
Dont l'infolence à fes pieds humilie
Tant de beautés de Gréce & de Georgie ;
S'imaginant que ces biens précieux
Sont feulement pour le plaifir des yeux ?

   Bizarre erreur ! odieufe maxime ?
Toi , digne objet , raviffante Fatime !

Trifte jouet d'un tel aveuglement,

Que de nouveau ton plus fidele Amant

Entre tes Bras, t'exprime : je t'adore ! ..

Heureux tranfports ! beau feu qui me dévore !

Je fuis aux Cieux ! ame de mon deftin !

Tu me fouris ! ma bouche eft fur ton Sein !

Dans tes beaux Yeux quel éloquent langage ! ..

O Volupté ! .. couvre nous d'un Nüage....

 Amour ! .. Fatime ! .. Ah ma faible raifon

Eft-ce un preftige ! eft-ce une illufion ?

Tous offre un Voile à ma débile vue !

Reine des cœurs ! qu'êtes vous devenue ?...

Suis-je au Sérail ?... tout me confterne ici....

Que vois-je ? ... ô Ciel ! les Bofquets de Marli ?

Oui, me voilà dans ce charmant Afile :

Oh pour le coup je demeure immobile ?

 Ma Voyageufe & fole Déïté,

Vous abbufez de votre authorité ?...

Ce dernier trait, tient du Tragi-Comique ?

J'en ris enfin ; car il eft prefque unique.

Ainfi ma chére imagination,

Je vous fai gré de cette fiction :

Pareille Erreur vaut une jouiffance ?...

Oh de bon cœur je pardonne à l'offence ;

Vous permettant, pour trancher tout difcours,

De me jouer tems en tems de ces tours.

I

www.ingramcontent.com/pod-product-compliance
Lightning Source LLC
Chambersburg PA
CBHW061420170626
46811CB00005B/2062